HÉSIODE ÉDITIONS

ZACHARIE LACASSE

Trois contes sauvages

Hésiode éditions

© Hésiode éditions.

1 rue Honoré - 93500 Pantin.
ISBN 978-2-38512-203-4
Dépôt légal : Février 2023

Impression Books on Demand GmbH

In de Tarpen 42
22848 Norderstedt, Allemagne

Trois contes sauvages

UNE FAMINE CHEZ LES SAUVAGES.

L'événement se passe au Canada dans les forêts qui se trouvent en arrière de Mingan, éloigné de Québec de 150 lieues. Nous sommes en 1873.

Le Rév. Père Arnaud avait fini sa mission. Les sauvages, au nombre de 70 familles, avaient pris le chemin de la forêt aussitôt après que le Père leur eût donné une dernière bénédiction. Ils apportaient un peu de farine, justement assez pour leur permettre de se rendre à leur terrain de chasse. Là ils espéraient vivre comme ils ont toujours vécu – de la viande des bêtes des bois.

L'automne arrive avec ses frimas et ses neiges ; la chasse des animaux à fourrure réussit à merveille – tout fait présager un heureux hiver. On célèbre pieusement et joyeusement la fête de Noël – le sauvage au milieu de ses bois ne l'oublie jamais. L'étoile du firmament, marque minuit. Chacun tombe à genoux ; le beau cantique : « Nikamotuatao Jeshos ka iliniout – chantons Jésus qui vient de naître, » sort de toutes les poitrines. Les montagnes se le répètent l'une à l'autre, et la nature, qui paraissait ensevelie sous son manteau de neige, semble renaître tout à coup à ce moment solennel.

Février apparaît, et avec cette lune arrivent les craintes. Le porc-épic est devenu rare, la perdrix blanche a pris son vol vers d'autres lieux, il ne reste plus que le caribou. Le caribou… mais les loups, la terreur de cet animal, les loups, dont les pistes sont nombreuses, ne l'ont-ils pas chassé bien loin ?

Nos bons sauvages, disséminés sur un espace de plus de 80 lieues, sont à chercher les grands marais où cet animal séjourne généralement dans l'hiver. Le caribou n'y est pas. Un mois se passe. Grand Dieu ! Quel mois ! Ceux qui ont passé par de telles misères sont seuls capables de s'en faire une idée.

Tuer une perdrix, un lièvre, chaque jour, ou tous les deux jours, voilà à peu près tout le résultat de la chasse d'une cabane qui compte trois ou quatre familles.

Vous les représentez-vous, lecteurs, ces pauvres sauvages, grelottant de froid, marchant pendant des journées de tempête, au milieu des bois ou traversant de grands lacs, et revenant le soir, tristes et abattus, sans avoir une bouchée de nourriture pour apaiser leur faim. Voyez-les placer la main sur leur cœur, pour en comprimer les battements, quand leurs petits enfants crient : papa ! pourquoi ne nous donnes-tu pas à manger ? Es-tu fâchée contre moi, maman ? Si tu savais comme j'ai faim !... tu ne me réponds pas seulement... Pour toute réponse, la mère humecte de l'abondance de ses larmes, les froides branches de sapin qui la séparent d'une couche de neige de six pieds.

Le lendemain, le père, plus heureux, apportera un lièvre ou une perdrix et dix ou douze personnes se partageront ce peu de nourriture.

Le mois de mars va finir, et déjà, à la hauteur des terres de Mingan, trente-trois personnes, dont vingt-deux dans une seule cabane, sont mortes de faim. Elles sont là, étendues sur leurs branches de sapin ; la mère tient encore sur son cœur un enfant qui lui aura survécu d'un jour. Oh ! mère généreureuse ! avant ton dernier soupir, accole sur ton sein maternel cet enfant auquel tu veux prolonger la vie aux dépens de la tienne !

Dix-neuf personnes sont dans une cabane d'écorce de bouleau. Depuis deux mois, elles ont fait à peu près une cinquantaine de repas et bu quelques cuillerées de bouillon. Dix d'entr'elles sont endormies sous l'effet de la faiblesse. Elles respirent encore, mais sans un secours prompt, elles devront se réveiller dans l'éternité. Il en reste neuf qui ne sont pas privées de tout sentiment, mais dont huit sont incapables de sortir, voire même de se tenir assises.

Le dix-neuvième, Pierre Waosholno, part un matin pour la chasse. En lui reposent les dernières espérances humaines des malades. Il disparaît, on n'entend plus ses pas, mais à chaque instant l'oreille surexcitée de ces gens affamés croit entendre un coup de fusil qui serait l'annonce de la fin de leurs maux. Une demi-heure se passe. Quelle fut longue, cette demi-heure ! Un bruit se fait entendre à l'extérieur de la cabane. Serait-ce un secours qui arrive ? Hélas ! Pierre Waosholno, dominé par le froid, vaincu par la faim, terrassé par la faiblesse, s'en revient, en se traînant sur les genoux. C'en est fini, dit le vieux Piel Manikapo : Compagnons de chasse ! adieu. Préparons-nous à paraître devant le Grand Esprit.

Après avoir prononcé lentement ces paroles, il s'étendit sur des branches de sapin, se croisa les bras sur la poitrine, pressa sur ses lèvres l'image du Divin Crucifié, puis se ferma les yeux. Il venait de s'ensevelir vivant. Immobile comme un cadavre, il attendait venir sans peur le moment de la mort.

Une femme chrétienne la femme forte de l'évangile, voyant revenir mourant leur dernier espoir humain, ne perdit point courage. Quand tous les secours de la terre nous manquent, dit-elle, c'est alors que Dieu montre sa puissance. Elle prie, cette bonne Catherine, elle a déjà prié vingt-quatre heures à genoux, soutenue par deux courroies de peau de caribou. Voyez, lecteurs, comme elle regarde fixement la vieille image enfumée qui est suspendue aux perches de la cabane. C'est l'image de notre bonne Mère qui est au ciel. Écoutons la prière qu'elle lui fait

« Bonne Vierge Marie ! La Robe Noire nous a dit que tu étais notre bonne Mère, et je l'ai toujours cru ; eh bien ! montre-toi telle, nous voulons de quoi manger. Toi qui accordes des grâces pour nourrir l'âme, à plus forte raison, tu peux soulager le corps. Montre-toi notre Mère. Tu dois être meilleure que moi, et cependant moi, la dernière de tes enfants, pourrais-je me décider à refuser de donner à mon enfant un peu de nourriture qu'il me demanderait ? Vierge Marie ! Regarde les bêtes des bois, le caribou est farouche, craint homme, mais si vous voulez attenter à la vie d'un de ses petits, on verra cette mère craintive devenir tout-à-coup féroce et donner sa vie pour sauver celle de son petit. Bonne Mère voyez la louve, cet animal repoussant grossier, la louve pourtant donnera mille vies, si elle les a, pour protéger ses petits. Et toi Mère de Jésus, n'es-tu pas aussi notre Mère ? Ne sommes-nous pas tes enfants ? Si la louve donne sa vie pour les siens, sera-t-il dit que la Vierge Marie ne voudra pas même donner une bouchée de nourriture à ses enfants qui l'aiment ? Marie écoute-moi : nous avons besoin de voir la Robe Noire, nous ne voulons pas, nous ne devons pas mourir ici. »

Le vieux Piel Manikapo jusque là immobile, enseveli, ouvre un œil, se dresse tout à coup sur son séant et s'écrie : « Camarades ! les caribous viennent, mon oreille exercée ne me trompe pas ; entendez-vous ce bruit qui se rapproche ? »

La bonne Catherine prie toujours.

Pierre Waosholno, étendu à l'entrée de la cabane, d'une main tremblante saisit son fusil, – son bras défaillant peut à peine le soulever. Soudain, un caribou – oui, un caribou se présente à la porte de la cabane. Mû par une curiosité qu'on chercherait en vain à expliquer, de sa tête il relève la peau de caribou qui ferme l'entrée de la hutte, et immobile, il compte les têtes de la famille. Pierre presse la détente, et l'animal tombe à l'endroit même sur la neige. Hâte-toi, Pierre hâte-toi, brave chasseur de t'accoler les lèvres sur la plaie saignante de l'animal, humecte-les de sang, prends des forces, car d'autres caribous t'attendent. Ils sont là six encore qui attendent la mort.

Pierre recharge son fusil et abat un deuxième animal, puis un troisième, et sans qu'un seul ne bouge, il se rend ainsi jusqu'au septième – sept caribous sont morts, et alors Catherine cesse de supplier pour commencer à remercier. Celle qui était véritablement la Mère de ces pauvres sauvages abandonnés.

Lentement, mais sûrement, les malades revinrent à la santé, et à petites journées parvinrent à se rendre près de leur petite chapelle bien-aimée. Tous ils s'agenouillèrent devant la statue de la Sainte Vierge, lui offrirent leur présent en chantant en chœur ce refrain admirable :

Marie ! oh ! qu'elle est bonne !

TOUS MORTS DE FAIM EXCEPTÉ UNE OU LE RÉCIT D'UNE SAUVAGESSE :

C'était un soir du mois d'août. Un vieux missionnaire levait tranquillement sa main pour bénir une famille sauvage agenouillée sur le rivage du Golfe St-Laurent à l'endroit appelé les Sept-Îsles. Elle était composée de huit personnes : un bon vieux et sa bonne vieille, un bon époux et sa bonne épouse, plus quatre bons enfants. Tous baisent le crucifix du prêtre, jettent un dernier regard sur leur chapelle chérie, puis les deux petits canots d'écorce de bouleau, qui contiennent personnes et bagage, s'ouvrent en tremblant sur l'onde leur petit chemin.

L'automne et l'hiver sont passés. Le printemps est revenu, le missionnaire est à son poste : ses chers sauvages reviennent des terres. De l'un des canots qui arrivent débarque une femme en pleurs ; aucun enfant ne se presse autour d'elle, la voix de son époux n'est plus là. Le missionnaire a tout compris même avant que les brûlantes larmes qui s'échappent des yeux de cette femme affligée, soient venues inonder sa main qu'elle baise avec respect.

La prière du soir se dit dans la chapelle et la femme sanglote. Les voûtes de la chapelle viennent de répéter le dernier chant de l'âme des Sauvages : « Jésus qui est mort pour les enfants des bois, ayez pitié d'eux. » La foule se disperse, mais une femme, assise sur ses talons, roulant son chapelet dans ses mains, attend… Elle veut voir « la robe noire » et verser dans le cœur de l'Apôtre le trop plein du sien.

Elle commence son récit :

Au nom du Père et du Fils et du St-Esprit.

Écoute, robe noire ! les choses pénibles que j'ai à te raconter. L'an dernier, ici sur ce banc de sable, tu t'en souviens, tu nous bénissais huit, mon père, ma mère, mon époux et mes quatre enfants. Excusez l'abondance de mes larmes, elles me font du bien. Nous partîmes pour gagner nos terrains de chasse. L'hiver fut bien sévère. Bien des lunes ont passé sur ma tête, mais jamais encore je n'avais vu les arbres se fendre sous l'action du froid. Retirés sous notre tente de bouleau, nous avons eu bien froid… et bien faim pendant plus d'un mois. La lune d'avril apparaît enfin et nous amène des jours, j'allais dire, plus doux, malheureuse que je suis… le froid avait cessé, mais la faim, oui la faim dont tu as toi-même senti les rigueurs pendant cinq jours, continua à nous tourmenter. Comme tu le sais, nous n'avions ni farine, ni lard. Il fallait vivre de chasse et de pêche. Or, le poisson ne mordait pas à la ligne et le caribou ne paraissait pas dans les plaines.

La mort nous avait comptés – nous étions huit, oui huit. Puis ici la Sauvagesse regarda autour d'elle comme pour chercher des êtres qu'elle avait coutume d'y voir. Elle continua après un instant. Un samedi matin, nous partîmes comme de coutume pour aller parcourir les bois, je revins fatiguée et rentrai la première au logis ; deux de mes enfants dormaient : ils ne devaient plus se réveiller qu'au son de la trompette de l'Ange qui bientôt viendrait chercher leurs âmes. La grande Ourse marquait minuit quand mon mari entra dans notre cabane, mon père et ma mère étaient encore dans les bois. Quelle nuit ! père, quelle nuit ! Deux enfants à l'agonie, un époux brisé par la fatigue et la douleur, une bonne mère, oui ! une bonne mère et un tendre père probablement sous un arbre de la forêt, dans les étreintes de la mort.

Le vent commença à souffler du grand Nord, les étoiles disparurent sous les nuages gris et la neige tombant à travers notre cabane, vint éteindre les derniers restes du feu qui ne devait plus se rallumer. Je tremblais de tous mes membres, la faim, le froid, l'anxiété, la peine m'accablaient. Ma fille – elle n'avait que douze ans – s'approcha de moi – me prit les mains, dans les deux siennes et me dit – ici il y eut une longue pause et le missionnaire n'était pas celui qui pleurait le moins – : maman donne-moi tes mains, je vais les réchauffer dans les miennes ; ne pleure pas tant, grand papa et grande maman sont au ciel où nous irons bientôt.

– Ma fille, dis-je, nous n'avons rien à manger.

– Mais, maman, pour aller au ciel, nous n'avons pas besoin de nourriture.

Après qu'elle eut dit ces paroles, je sentis. sa tête s'affaisser sur ma poitrine, ses mains tranquillement tomber des miennes, sa respiration devint gênée, puis je n'entendis plus rien... le froid de la mort couvrait ses membres roidis. Deux heures plus tard, j'appelais vainement ma fille qui n'était plus. Elle venait de cesser d'avoir faim.

C'était la première victime que deux autres à l'agonie devaient suivre probablement bientôt.

Cent fois durant cette nuit, je crus entendre des pas mon père ?... ma mère peut-être ? mais rien que le craquement des branches et le sifflement de la bise.

Mon époux était morne, dans ses yeux roulaient des pleurs ; une fois, il voulut me dire un mot et les sanglots coupèrent sa voix. Il les réprima, puis il resta muet comme la tombe.

Le matin il partit ; j'aurais voulu le suivre, Je ne le pouvais pas ; mes membres étaient raides comme ceux de l'enfant chérie qui était ensevelie près de moi et dont j'étais moi-même le linceul. Mon mari s'éloigna et ce bon époux qui avait partagé mes joies et mes peines ne devait plus revenir. En vain je regardai, en vain j'attendis… mes yeux ne virent rien et mes oreilles n'entendirent que le bruit de la tempête qui passait au-dessus de moi.

Le soir du même jour, un de mes enfants fit un mouvement ; je retournai la tête, ses yeux me cherchèrent une dernière fois… puis un long soupir… puis plus rien : il venait de mourir.

Je ne pleurai pas pourtant, mes yeux étaient secs ; je ne te cacherai rien, père ; mon cœur n'eut pas même une émotion : ma sensibilité de mère était épuisée et je tombai dans une espèce de sommeil. Je vis mon père et ma mère mort dans le bois, je vis mon époux gelé raide mort sur le milieu d'un lac qu'il voulait traverser. Dans sa main il tenait un lièvre et une perdrix qu'il avait tués, de l'autre, son fusil, son crucifix était sur sa poitrine et sa tête penchée semblait offrir à ses lèvres de le baiser. Quelqu'un alors me secoua, je ne vis personne, mais père, je ne mens pas, quelqu'un me secoua. Je m'éveillai en sursaut. L'agonie des deux enfants qui me restaient se prolongeait encore. Je me sentis forte. Je chaussai mes raquettes. Le ciel était serein, les arbres chargés de neige ; je reconnus le chemin que j'avais vu la nuit dans ma léthargie. Je traversai le lac que je désirais tant voir. Un monceau de neige s'élève au milieu : j'y cours, j'y suis, moins deux pas. Que ces deux pas furent difficiles à faire ! Je n'osais remuer cette neige. Je me marque du signe de la Croix, je m'agenouille… puis… tu comprends le reste père ; mon mari était devant moi, tel que je l'avais vu pendant mon sommeil. Je voulus le tourner ; son bras roidi me présenta le lièvre et la perdrix que sa main morte tenait. Il voulait être bon jusqu'après sa mort.

Dieu me donna la force de le traîner sur le rivage du lac, je voulais qu'il eût plus tard une sépulture chrétienne. Le missionnaire bénira sa fosse, pensai-je. Oh ! Père, quand tu monteras la rivière Manicouagan, n'oublie pas d'aller bénir sa tombe qui se trouve à quelques milles de la troisième chute.

Je revins donc en toute hâte à ma tente, j'avais un lièvre et une perdrix, puis de la poudre, un fusil ; je pouvais faire du feu et préparer du bouillon à mes enfants. Tout fut inutile. Ils étaient mourants ; mais, père, une mère ne se décourage pas, elle entretient l'espoir jusqu'au dernier soupir. Je suis là près de mes enfants, tenant en main ma micuan d'écorce, quand la détonation d'un coup de fusil vint frapper mes oreilles. Du secours ! pensai-je ; le bruit venait du sud-ouest et les chasseurs devaient être à quelques pas. Sans réfléchir, je sortis de ma cabane, descendis la côte pour les appeler. Plusieurs fois, je criai point de réponse. J'avançais toujours. J'étais si sûre de les trouver, et toujours sans m'en rendre compte, je descendais le versant d'une côte. Je ne voyais aucune piste, aucun son ne répondait à mes cris de détresse. Je songeai alors à retourner de toute vitesse vers mes enfants. Hélas ! père, Dieu exigeait encore un sacrifice. La course rapide que j'avais faite venait de m'enlever le peu de forces qui me restait. Je voulus gravir la montagne, je roulai sur la neige dans le fond d'un ravin.

Mes enfants ! père, mes enfants ! Mets-toi à ma place ; mais non, tu ne le peux, tu n'es pas mère, toi. Deux enfants étaient mourants au sommet d'une montagne au bas de laquelle je me voyais demi morte. Au pied de cette haute colline je vis que j'étais sur la glace de la rivière Manicouagan à plus de trente lieues de la première habitation.

Une nuit froide se préparait, mes jambes et mes pieds étaient enneigés, je ne sentais rien le froid m'avait paralysée, Je me voyais mourir… mourir à quelques cents pas de deux enfants dont les petits cœurs battaient encore. Me trompai-je ? je crus les entendre m'appeler au sortir de leur sommeil léthargique ; « Ma-man. Maman ! où es-tu ? Un peu de bouillon va nous redonner la vie. » Du bouillon, j'en avais préparé pour eux et tout absorbée dans ma douleur, je n'avais pas même songé à en prendre. La faim ne peut jamais être aussi forte que l'amour. Le regard tourné vers le haut de la montagne, rendue immobile plus par la douleur encore que par le froid, je sentis la glace de la mort parcourir mon être. Deux soupirs encore, je serai morte… et mes enfants vivent encore. Un voile funèbre se répandit sur mes yeux, mon oreille entendit le bruit de personnes qui parlaient, puis je perdis connaissance.

Oh ! père qu'arriva-t-il alors ? Deux chasseurs étaient à l'aventure dans les bois, ils avaient levé un ours qu'ils poursuivaient sur la rivière ; le voici ! s'écria l'un d'eux, il est là écrasé sur la glace. Mets en joue, compagnon, et tire droit au cœur. Le fusil est à l'épaule, le doigt sur la détente ! une… deux… trois… tah ! le chien venait d'écraser la capsule qui n'était point bonne.

L'un des deux sauvages regardant attentivement dit demi tremblant. Par mon arc ! ce n'est pas un ours. Grand Dieu ! qu'est-ce ? Rapide comme la flèche, il s'élance vers l'objet entrevu : Quoi un être humain ! une de nos compatriotes ! Puis me relevant la tête pour la laisser retomber lourdement sur la glace, il s'écria d'une voix de délire : Catherine ! ma sœur Catherine ! Et l'écho des montagnes répéta à l'oreille de mes enfants Catherine ! ma sœur Catherine !

C'était le lundi soir. Vingt-quatre heures plus tard, mes yeux s'ouvrirent : j'étais dans une cabane, une belle-sœur était agenouillée près de deux petits enfants ensevelis, le corps de l'un n'était pas encore refroidi.

Mon frère planta une croix près du lac, y plaça au pied mon époux, quatre enfants, mon père qu'il retrouva dans le bois. Ma mère, ma bonne mère ne fut pas revue depuis ; les Anges n'ont pas voulu nous montrer l'endroit où ils la gardent.

Demain, Robe noire, tu voudras bien dire la messe pour eux tous et j'espère y communier. Je veux aller les rencontrer dans le cœur de Jésus, j'ai tant de choses à leur dire en attendant que je puisse converser avec eux au ciel ! Catherine se leva essuya ses larmes, puis alla s'agenouiller devant la grande croix du cimetière.

P. S. Ce récit n'est pas légendaire. Catherine vit encore et est mariée en secondes noces à Dominique Saintonge que tous nos marins du Golfe connaissent.

DEUX ENFANTS SAUVAGES

Une famille sauvage quitte un jour le fort Naskapi pour aller se fixer près du lac Manawan, et y vivre de chasse et de pêche pendant quelques semaines. Nous sommes à la période des longs jours. Le crépuscule et l'aurore se rencontrent, et pendant plus de 15 Jours la nuit cherche en vain à envelopper de ses ténèbres cette partie du Canada qui, au même moment, salue à l'occident le coucher du soleil et à l'orient, le lever de l'aurore. Quatre personnes composent cette famille indienne ; le père, la mère et deux enfants dont le plus vieux a six ans. La vie se passe bien paisible à l'ombre de leur petite tente de peaux de caribou. Chaque matin, le père, à l'aide de son petit canot d'écorce, va faire une visite à ses rets de babiches de caribou, dont les mailles de cinq pouces doivent contenir quantité de gros poissons. La pêche finie, il s'en revient sous sa tente, s'étend sur ses branches de sapin, se tourne sur le côté gauche, mange un poisson, puis se tournant sur le côté droit, en mange un autre, puis il bâille, tâche de s'endormir, puis ensuite de dormir ; qu'il réussisse ou non, les mâchoires vont toujours leur petit train, et chair et arêtes de poisson disparaissent dans le gouffre de son estomac. La femme travaille, elle travaille le matin, elle travaille, elle travaille le matin, elle travaille le midi, elle travaille le soir, elle travaille presque la nuit entière. Il faut préparer les peaux de caribou pour les habits, elle doit aller au loin chercher du bois pour la cuisine, et nous ne devons pas oublier que c'est à elle seule de veiller sur les enfants.

Les petits enfants jouent dans le sable de la grève ; des petits Canadiens de leur âge feraient des fours ; eux font des chaussées, des trappes ; avancent leurs petites mains en glissant pour imiter la loutre et se font presser les doigts par la baguette disposée de manière à écraser leur loutre imaginaire qui, généralement, meurt du premier coup. Il faut être bien ferme pour ne pas aimer à réussir du premier coup !

Leur vie est donc bien tranquille. Pas de bateaux à vapeur, pas de chemin de fer du Nord ou du sud, pas de journaux qui viennent leur parler de l'huile St.-Jacob ; pas d'élections, n'attendant par conséquent aucune place du gouvernement ; pas de boisson, ne pouvant enivrer personne ni acheter les consciences, « pour le plus grand bien de notre Patrie commune, pour conserver intactes les traditions d'une saine politique ». Ces peuples évangélisés, pratiquant notre sainte religion, seraient les plus heureux mortels du dix-neuvième siècle. Un proverbe dit : le bonheur qu'on veut avoir en ce monde, gâte celui qu'on a. Ces paroles ne doivent pas être à l'adresse des sauvages qui se contentent de bien peu. Un peu de caribou, du poisson et une écorce de bouleau pour faire un canot, voilà toute l'ambition des Rothchild des bois plus heureux, jouissant d'une meilleure santé et vivant plus vieux que ceux de Londres. Mais fermons la parenthèse et revenons à notre famille.

Un matin le père va voir à ses rets. Il les soulèvent tranquillement. Elles pèsent plus que de coutume, quelques gros poissons sont capturés : il faut donc y aller prudemment, car le lac est agité sous l'effet d'un gros vent. Tout à coup une houle plus forte que les autres vint soulever le canot et le jeter contre les « flottants » du rets. L'embarcation tourna et l'homme, mêlé dans les rets, disparut. Le vent entraîna le canot, la perche qui indiquait l'endroit où se trouvaient les filets le suivit, et le poids du pêcheur noyé a probablement entraîné les rets au fond du lac.

Les deux enfants dorment dans la cabane.

La mère est dans les bois cherchant quelques branches sèches…

Le plus vieux des enfants se lève, il voit son petit frère qui joue dans les cendres du foyer, il se met à jouer avec lui. Le jour s'avance, le plus jeune des enfants pleure et demande à manger et son petit frère de répondre : « Maman s'en vient, tiens regarde là-bas sur la montagne, elle recueille de belles petites graines rouges pour bébé. » Et les enfants de recommencer à jouer. Un quart d'heure se passe. Nouveaux cris de la part du cadet, que son petit frère cherche en vain à calmer. À la porte de la cabane, se trouvaient quelques poissons de la pêche de la veille. Poussés par la faim et par l'instinct de leur conservation, les enfants mangèrent ces carpes crues. Le plus vieux, debout près de la porte de la cabane, promenait des regards inquiets autour de lui. De temps à autre il appelait sa mère, sa faible voix ne recevait pas de réponse – À son tour il se mit à pleurer et pleura amèrement, de bien cuisantes larmes inondaient ses petites joues et sa mère n'était pas là pour les essuyer. Épuisé par les cris et ses pleurs abondants, il succomba à la fatigue. Combien de temps dormit-il ? il ne le sait pas. À son réveil il trouva son petit frère couché près de lui les yeux rougis par les larmes ; il avait donc bien pleuré, lui aussi !

Il regarde autour de lui : – papa, maman ; point de réponse. Son père n'y est pas, sa mère n'est point revenue.

Il sort de la tente et s'aventure à travers un sentier qui conduisait sur une haute montagne. Il appelle sa mère, l'écho lui renvoie le mot qui se perd dans le lointain. Il retourne en toute hâte vers son petit frère : petit frère viens vite chercher maman qui est à cueillir de belles graines rouges pour nous autres. Le petit enfant, souriant, part en tenant la main de son frère. Ils suivent un sentier bien battu gravissant péniblement une montagne ; l'ainé s'arrête plusiers fois pour crier à sa maman. Le moindre bruit qui se fait entendre lui jette à l'oreille le nom de sa mère ; il regarde de tous côtés mais rien que la profonde solitude.

Le plus jeune s'arrêtait de temps à autre pour manger des graines sauvages ; l'ainé, malgré son jeune âge, commençait à réaliser sa position. D'abondantes larmes coulent de ses yeux, il n'ose plus crier, il craint de contrister son petit frère, qui, tout joyeux, s'avance certain de rencontrer sa mère dans sa promenade.

Le soleil va disparaître, un vent glacial souffle du Nord, l'atmosphère se refroidit et une brume épaisse enveloppe la terre. Maman ! Maman où es tu ? L'écho même ne répond plus.

Le frère ainé promène des yeux hagards sur son petit frère que la fatigue a jeté sur la mousse. Celui-ci lassé de pleurer et de demander à manger s'endort de lassitude. L'ainé est debout, sa tête s'agite continuellement, se tourne de côté et d'autre, ses yeux cherchent quelque chose, son petit cœur bat avec violence, son œil est humecté de larmes, mais l'enfant est silencieux, pas un bruit, si ce n'est de temps à autre, un soupir longtemps comprimé qui s'échappe de sa poitrine. Il tremble de tous ses membres, la fatigue l'accable, mais il tient son œil toujours grand ouvert : sa mère va peut-être passer ! Un bruit se fait entendre. Maman, est-ce vous ? dit-il, d'une voix tremblante et à peine intelligible. Pour réponse un cri rauque vint déchirer son oreille. Un hibou perché sur un sapin rabougri, fit entendre son chant lugubre. Il faut avoir été perdu dans la profondeur de nos forêts et avoir entendu au milieu du silence de la nuit, les notes discordantes, le cri de mort de cet oiseau nocturne, pour se faire une idée de la frayeur qu'il peut causer.

Supposez-vous étendu sous votre tente ; le silence le plus parfait règne autour de vous, le battement de votre cœur est le seul bruit qui parvienne à vos oreilles ; tout à coup, sans transition aucune, un bruit épouvantable, semblable à celui d'une voûte qui s'écroulerait déchirant l'air en tous sens, vient vous fouetter l'oreille. Malgré vous, vous bondissez de votre couche et instinctivement vous portez la main au-dessus de votre tête comme pour parer un accident.

L'enfant, quoiqu'habitué à ce son étrange, s'écrase sur son petit frère, en poussant un cri aigu. Ce dernier se réveille ; il est transi de froid, il appelle sa mère et crie : j'ai faim, j'ai faim. Son ainé essaie de lui fermer la bouche et de lui faire comprendre qu'une grosse bête va les dévorer. Le plus jeune redouble ses cris.

Un long temps s'écoule et la « grosse bête » ne crie plus. D'ailleurs le soleil levant a dissipé la brume dans les airs et le frère ainé, tenant par la main le plus jeune, le conduit cueillir et manger des graines rouges.

Quant à lui, il mange à peine, il n'en a pas le temps, il regarde et regarde toujours de tous côtés. Sa mère est donc allée bien loin, puisqu'elle met tant de jours à revenir.

Quand il peut déterminer son petit frère à marcher, il s'avance en suivant un chemin bien battu qui n'est autre qu'un sentier de cariboux si nombreux dans le nord du Labrador. De temps à autre, il porte dans ses bras son petit frère, il ne veut pas s'arrêter, il a tant hâte de voir sa mère.

Le soleil va encore disparaître et au cri de : Maman ! Maman ! viens donc vite, tes deux petits enfants se meurent… pas de réponse.

Un objet noir cependant paraît dans le sentier. Mû par le désir, disons mieux, la nécessité de trouver quelqu'un ou quelque chose, le frère ainé s'avance avec précaution. L'objet est immobile, et placé de manière à barrer le passage des piétons. Il hasarde un faible cri, pas de réponse. Il fait quelques pas, laisse le sentier, décrit en marchant une ligne courbe ; il veut voir cet objet de côté. Il avance… s'arrête… contemple un moment puis recule, il venait de reconnaître un être humain gisant sur le sol. Il entend les gémissements de son petit frère ; il est sourd à ses cris ; il est préoccupé, sa jeune intelligence lui fait entrevoir un malheur. Est-ce maman qui est étendue dans le chemin ? Est-ce que maman serait morte ? se disait l'enfant ; Ah ! non, elle dort, elle est tombée de fatigue. Il s'approche avec défiance. Maman, dormez-vous ? maman ! Il voit son petit frère qui s'avance dans le sentier, il aime mieux attendre et lui laisser le soin d'éveiller leur mère, car s'il fallait qu'elle ne s'éveillât plus.

Le plus jeune enfant, âgé d'environ deux ans par l'habitude du regard, reconnaît sa mère, il bat ses petites mains, accélère le pas, un sourire paraît sur ses lèvres, une joie indicible dans son regard, des cris entrecoupés par des soupirs de bonheur s'échappent de sa poitrine depuis si longtemps malade. Pauvre petit ! que fais-tu ? Remercie Dieu d'être si jeune ! Ton tendre âge va t'épargner de constater un bien grand malheur. Il s'approche de sa mère, il lui passe ses petites mains dans la figure, veut l'éveiller. Maman ! maman ! il la tire par son habit, par ses cheveux ; puis il regarde son petit frère comme pour lui demander du secours, et il recommence de nouveau, mais sans succès ! Sa mère est morte ! Il voit un vase d'écorce rempli de fruits sauvages que sa mère lui apportait ; il commence à manger, sa petite tête appuyée sur la poitrine de sa mère et s'endort bientôt.

Le plus grand, ou mieux, le moins petit de deux frères s'était approché et se tenait immobile à une dizaine de pas de sa mère ; il attend… elle ne peut être morte, elle va bientôt ouvrir les yeux, lui parler et l'amener à la cuisine. Le soleil est disparu sous l'horizon pour reparaître bientôt, mais de gros nuages interceptent la clarté de l'aurore, le tonnerre gronde au loin, les animaux sauvages errent dans la plaine et cherchent une crevasse de rocher ou un bouquet de sapins pour aller s'y enfuir. L'enfant regarde, il voit les nuages courir dans le ciel et déchirés en tous sens sous la violence du vent, prendre la forme de monstres menaçants qui tournent au-dessus de sa tête prêts à s'abattre sur lui.

Comme il tremble, ce cher enfant ! il n'y peut plus tenir, un cri de mourant s'échappe de ses poumons et les deux mains tendues vers sa mère, il court se jeter dans ses bras. Maman ! Maman ! c'est moi… Un coup de tonnerre est la seule voix qui réponde à l'appel, il pousse un cri, se ferme les yeux et se cache la figure sous les bras de sa mère. Il entend marcher. Il pousse brusquement son petit frère qui s'éveille. L'espérance renaît tout à coup dans son âme. Le souvenir de son père vint frapper pour la première fois son esprit. Tant qu'il crut compter sur sa mère celle-ci lui suffisait ; maintenant que sa mère ne répond plus à ses caresses, il pense à son père, son père qu'il croyait parti pour une chasse lointaine, son père absent si souvent de la cabane pour cinq ou six jours, c'est peut-être lui qui revient. Anxieux, il relève la tête, son petit frère suit son mouvement.

Il pousse un cri de terreur ; une ourse suivie de deux petits se dresse à deux pas de lui dans le sentier. Elle cherche un gîte pour ses oursons, elle voit un obstacle dans le chemin, elle entend un cri, elle croit qu'on en veut à la vie de ses petits, elle ne se contente pas de se mettre en défense, elle attaque. Elle s'avance à pas lents mais mesurés, ses griffes labourent la terre, sa gueule ouverte laisse tomber l'écume de la rage, son gosier laisse échapper des hurlements affreux, elle est à la distance voulue, appuyée sur ses pattes de derrière, elle allonge le cou, étend les griffes de ses pieds de devant et se dispose à broyer sous ses dents aiguisées le premier ennemi qui s'offrira à sa fureur.

Pauvres petits enfants ! qu'allez-vous devenir ! Lecteurs ! entendez-vous leurs cris ? « Maman ! Maman ! aie... aie... Maman ! » Tantôt leurs petites mains s'agitent machinalement devant leur figure pour repousser l'ennemi, tantôt leurs petits bras entourent le cou de leur mère, ils pressent leur poitrine contre la sienne, ils voudraient s'y cacher « Maman ! Maman : défends-nous » crièrent-ils d'une voix déchirante.

L'ourse pose une de ses pattes sur l'épaule de l'enfant, puis recule tout-à-coup de quelques pas. L'odeur cadavérique l'a repoussée. L'on sait jusqu'à quel point les animaux sauvages ont horreur des cadavres. Elle ne s'avoue pourtant pas vaincue. Elle recommence de nouveau l'attaque, mais cette fois-ci de côté.

Les petits enfants toujours au cou de leur mère passent par dessus sa poitrine, et les yeux sur le féroce animal se pressent près d'elle. Le plus âgé, lui, lève le bras pour s'en servir comme d'une défense. L'ourse hurle et engueule ce membre qui le menace ; ses mâchoires ne se contractent pas, il semble qu'elles ont touché un poison, et l'animal épouvanté, rebondit en arrière.

L'ennemie commence alors à tourner à distance autour du cadavre, s'arrêtant de temps à autre.

Les petits enfants, rivés au cou de leur mère, deviennent immobiles. Le vent augmente, l'ourse se jette par terre, se frotte le museau contre la mousse, hume l'air, se lève en grognant et disparaît suivie de ses petits à travers les ravins.

Les deux enfants ne crient plus, ne remuent plus, leurs petits bras enlacés autour du cou de leur mère, ils l'étreignent ; tous trois sont immobiles.

Un coup de fusil se fait entendre près de l'endroit où gisent cette morte et ces mourants.

L'ourse avait été aperçue par un chasseur Naskapi en embuscade près du sentier des caribous. L'animal blessé à mort tombe dans la route, ses petits rebroussent le chemin, le chasseur les poursuit et tout-à-coup il s'arrête effrayé devant un cadavre. Il considère les traits de cette personne morte, il la reconnaît ; en examinant les enfants, il voit d'abondantes sueurs inonder leur visage et voit qu'ils respirent encore. Il les saisit dans ses bras, ce sont deux masses inertes, les chargent sur ses épaules et sans perdre une minute, il se hâte de regagner sa tente. Son épouse venait d'achever de disposer des branches de sapin sur le sol, car cette famille ne faisait que d'arriver en ce lieu, quand il se présenta devant elle chargé de son double fardeau. On ramena les deux enfants à la connaissance.

Le plus vieux ouvrit de grands yeux et regardant autour de lui, il poussa un cri perçant, puis cacha sous la couverte ses petits membres tremblants. Quand on voulait le toucher il s'écriait : maman ! maman !

Le plus jeune resta longtemps malade, mais l'effet de la peur dura moins longtemps et eut des suites moins funestes que chez son frère. Ce dernier resta presque idiot. On ne pouvait l'approcher, le moindre bruit le faisait trembler. Il fut quelques mois sans parler, puis à force d'instances, on parvint à avoir pour toute réponse, aux nombreuses questions qu'on lui adressait, les mots entrecoupés suivants ; papa parti… maman dans le bois… l'Esprit gronda en l'air… maman morte… Une grosse bête – pas dévorés… bien peur… Son regard avait quelque chose de vague, d'insaisissable. Lorsqu'il était seul près du rivage d'un lac, ses grands yeux effarés auxquels la douleur et la peur avaient enlevé toute expression de vie, se promenaient constamment de côté et d'autre ; ils cherchaient encore.

Cet enfant privé de son intelligence cherche encore sa mère. La reverra-t-il ? Elle était infidèle, lui et son petit frère furent baptisés par un missionnaire. Le plus jeune est mort et s'est envolé au ciel, l'aîné, mort à la vie de l'intelligence, laissera cette terre pour l'y suivre.

Oh ! œuvre admirable de la Propagation de la foi qui permet au missionnaire d'aller faire des saints dans les contrées les plus reculées.

Si l'on comprenait bien le prix d'une âme ! Le dieu des ivrognes demande chaque année des millions qu'on lui jette en bondissant de joie ; le Dieu des âmes se contente de bien peu. Chrétiens, une obole à la belle œuvre de la propagation de la foi.